1950
4 —